# *EL AMOR NUNCA PERDERÁ EL*

# *CAMINO A CASA*

## *UN CUENTO DE HADAS*

**LAURA NINO**

# Tabla de contenido

INTRODUCCIÓN...........................................................5

CAPÍTULO I................................................................9

AYUDANDO A OTROS ................................................9

CAPITULO DOS..........................................................12

CAPÍTULO III.............................................................16

CABEZA EN LAS NUBES, PIES EN LA TIERRA ............16

CAPÍTULO IV..............................................................21

SANANDO VIEJAS HERIDAS......................................21

CAPÍTULO V...............................................................28

EL GIGANTE ATRAPADO EN EL CASTILLO..................28

CAPÍTULO VI..............................................................38

AMOR MATERNAL......................................................38

CAPÍTULO VII.............................................................45

METAMORFOSIS.........................................................45

CAPÍTULO VIII............................................................53

EL UNIVERSO DE LA MÚSICA......................................53

CAPÍTULO IX..............................................................56

A LA TIERRA ..............................................................56

CAPÍTULO X...............................................................61

LUNA CRECIENTE.......................................................61

CAPÍTULO XI..............................................................65

EL CHICO........................................................................65

CAPÍTULO XII................................................................71

EL ENCUENTRO.............................................................71

CAPÍTULO XIII...............................................................79

LOS SUEÑOS DEL NIÑO..................................................79

CAPÍTULO XIV...............................................................87

MONTANDO DRAGONES .................................................87

AMISTAD.......................................................................94

CAPÍTULO XVI...............................................................100

DIAMANTES DE LA NOCHE .............................................100

CAPÍTULO XVII..............................................................103

DÍA DE LA LIBERACIÓN .................................................103

CAPÍTULO XVIII.............................................................110

CONCLUSIÓN.................................................................110

xi ................................................................................116

EPÍLOGO.......................................................................116

NOTA DEL AUTOR .........................................................119

PREGUNTAS PARA MEDITAR EN CADA CAPITULO ...............121

*"Dedicado a todos los que tienen un*

*alma de niño"*

*Laura Nino*

# INTRODUCCIÓN

**H**eyoka nació del anhelo de la humanidad por conectarse con el Amor. Pero siendo el Espíritu Supremo, el creador de todo, ella también está en deuda con el Espíritu Supremo. Su misión se revelará a través de su viaje al lado oscuro de la luna...

Heyoka despertó en medio del lado oscuro de la luna cuando un ser se le acercó y le habló sin palabras. Él era el Espíritu Supremo, encarnado como un gran ciervo grande. Le explicó a Heyoka su misión.

"Fuiste creada como un hada el anhelo humano de amor y conexión del alma. Tu misión es sanar a la humanidad a través de tu amor compasivo.

Aún no conoces todo tu poder, ya que tienes que descubrirlo a través de tu viaje. Pero ten la seguridad de que estoy contigo, dentro de ti y a tu alrededor. Tu primera lección será…

## AUTODESCUBRIMIENTO

**E**spíritu Supremo: "Solo cuando camines profundamente dentro de ti mismo, podrás descubrir quién eres, tus fortalezas y tus debilidades. Solo entonces podrás sanar tus heridas y ser fiel a ti mismo. Entonces podrás ayudar a alguien más".

"En tu viaje, cada vez que aprendas algo agregarás una chispa a tu cuerpo, y esa chispa sanará a quien sea o lo que sea que necesite ser sanado".

"Se atenta a cada señal que se cruce en tu camino, ya que tu viaje no terminará en la luna, pero no puedo decirte más ya que primero tienes que crecer"

Recuerda siempre estas palabras:

**"Amor donum, quod dandum quest"**

"El amor que se recibe debe darse"

# CAPÍTULO I

## AYUDANDO A OTROS

Heyoka estuvo en la oscuridad por un tiempo, ya se había acostumbrado a la noche. Su cuerpecito tenia algo de luz, pero no lo suficiente para iluminar su camino. Estaba conociendo su entorno y recordaba lo que el Espíritu Supremo le decía, sobre su origen, su misión y el amor que necesitaba para sanar a los demás. Ella pensó, pero ¿qué es el amor? ¿Cómo puedo identificarlo?

Caminaba inmersa en sus pensamientos cuando se encontró con un cangrejo, el cangrejo estaba ocupado tratando de sacar un gran caparazón del camino.

"Hola, encantada de conocerte", dijo Heyoka.

El cangrejo se volvió y le dijo a Heyoka. "¡Oh, hola! Lo siento, pero estoy ocupado aquí".

"¿Puedo ayudarte? Veo que quieres mover ese gran caparazón, pero no puedes hacerlo solo"

"Bueno", respondió el cangrejo, "pensé que podía hacerlo solo, pero cuanto más empujo este caparazón a un lado, más me doy cuenta de que no puedo hacerlo solo. ¿Serías tan amable de ayudarme? Necesito esto caparazón porque estoy creciendo y necesito una casa más grande. Pero veo que eres un hada pequeña. ¿Estás segura de que eres lo suficientemente fuerte como para ayudar?"

Heyoka pensó en esto por un momento y respondió: "Lo que tengo ahora, aunque sea poco, es suficiente para ayudar".

Inmediatamente después, Heyoka comenzó a empujar el caparazón junto con el cangrejo hasta que, con gran esfuerzo, pudieron empujarlo hasta el lugar deseado. Heyoka se sentía tan cansada después del esfuerzo pues sabía que su pequeña luz seria usada para ayudar al cangrejo, pero ¡oh, estaba tan feliz de ayudar!

Después de despedirse, Heyoka continuó su viaje. Estaba realmente cansada, pero de repente comenzaron a aparecer pequeñas chispas de luz que se fundieron en su pequeño cuerpo. "¡Guau!" ella dijo. "¡Estoy empezando a sentirme mejor!"

Las chispas la vigorizaron aún más que antes, ella no entendía esto, pero reflexionó sobre todo en su corazón mientras continuaba su viaje.

## CAPITULO DOS

## EL AMOR MUEVE MONTAÑAS

**H**eyoka continuó explorando la luna en busca de algo o alguien para aprender sobre su misión, ¡pero estuvo volando por un tiempo y no encontró a nadie!

Entonces, decidió sentarse y admirar el paisaje frente a ella.

Se paró frente a estas extrañas montañas, pero debido a la falta de luz, se veían grises. Estaba tratando de identificar formas en un intento de matar el tiempo. Todos los días se sentaba en el mismo lugar para admirar las montañas.

Un día mirando las montañas recordó algo que le dijo el Espíritu Supremo: *"Cuando tengas amor en tu corazón y lo des a los demás, podrás mover montañas".*

Heyoka comenzó a reflexionar al respecto y decidió tratar de mover la montaña frente a ella "Si amo la montaña con todo mi ser, la moveré de allí para aquí", pensó y comenzó a amar la montaña, deseándole el bien, hablando y pasando todo su tiempo con ella... pero pasaron semanas y meses y no pasó nada. Heyoka estaba decepcionada y no podía entender por qué.

Entonces ella pensó:
"Tal vez si planto árboles en la montaña, la montaña se sentirá amada y conmovida".

Cuando Heyoka estaba haciendo esto, las lluvias iban y venían durante muchos días. Heyoka notó que ríos de agua caían por la montana. Después de muchos, muchos días de hacer esto, estaba exhausta y decepcionada. Miraba hacia la montaña, pero de repente notó algo diferente. La montaña había cambiado de forma debido a la lluvia y todos los árboles que plantó. Entonces ocurrió la revelación, ¡ella entendió que el movimiento de la montaña se hizo a partir del proceso de transformación! Así como la lluvia fue tallando pacientemente nuevos caminos y cambiando su forma, el amor transforma a las personas, pero esta transformación requiere tiempo.

También se dio cuenta de que incluso cuando nuestro tiempo parece aburrido y no pasa nada, podemos usar este tiempo para la reflexión.

Comprendió que el amor no es un sentimiento (aunque tiene un componente sentimental) sino un movimiento de la voluntad para darle a la montaña (agua y plantas) lo que necesita.

Esta lección le dio más energía y luz. Su luz ahora iluminaba la oscuridad a su alrededor.

## CAPÍTULO III

### *CABEZA EN LAS NUBES, PIES EN LA TIERRA*

*H*eyoka se sorprendió al ver la luz a su alrededor. Volaba sin destino, iluminando a su alrededor las partes de la luna que parecían interesantes. Estaba jugando cuando se topó con una figura grande. ¡Bam! Ella se estrelló sin darse cuenta y golpeó el suelo.

Cuando se recuperó y miró frente a ella, vio un enorme par de pies y piernas de madera. ¡Eran enormes! Estaba intrigada. Se puso de pie y se acercó a la figura. Mirando hacia arriba, vio la figura completa de una criatura gigantesca que continuaba hacia el cielo.

Entonces voló para encontrarse con la criatura, luego vio que la cabeza y los brazos de la criatura sostenían las nubes.

"Hola", dijo el gigante de madera. "Hola", respondió Heyoka, "¿Qué estás haciendo? ¿Por qué tienes la cabeza y los brazos en las nubes?"

"Ah, es porque estoy a cargo de los sueños de la existencia humana. Cada sueño, consciente o inconsciente, nace aquí en la luna. Soy el guardián de esos sueños", le dijo el gigante a Heyoka. "Ven a echar un vistazo".

¡Heyoka vio las innumerables criaturas que vivían allí en las nubes! Dragones, unicornios, hadas, fénix, duendes y más.

"¡Guau!" Heyoka estaba tan sorprendida.

Luego, el gigante de madera explicó: "Estoy a cargo de los sueños de la Tierra y los sostengo con mis brazos, ¡pero este reino es tan asombroso que no puedo evitar meter la cabeza en él! Es por eso que mis pies están en el suelo. Mis pies me ayudan a no perderme en las nubes".

Heyoka luego preguntó: "¿Puedes explicarme más?"

El gigante luego dijo: "Cuando los humanos sueñan, ya sea despiertos o dormidos, estoy a cargo de entregar todo tipo de sustancias míticas. Mientras existan los humanos, este reino existirá. El problema es que a veces los humanos se olvidan de soñar y creer en sus sueños. Verás", agregó el gigante, "soñar es solo una parte de la ecuación. Cuando conciben un sueño, necesitan trabajar prácticamente en él para hacerlo realidad. El sueño morirá si el humano no lo hace, debe trabajar para hacerlo realidad".

"Los sueños son hermosos como puedes ver, y es fácil perderse en ellos. Por eso necesitas tener los pies puestos en la tierra. Tus pies serán el ancla con tu realidad".

Heyoka estaba sorprendida por las criaturas sobre las nubes y jugó con ellas durante mucho tiempo. Pero algo la molestó. Ella no podía entender la parte "humana". El gigante sintiendo su confusión comenzó a explicar; "No te preocupes, lo entenderás cuando estés con tu humano"

Heyoka abrió mucho los ojos y dijo: "¡Pero el Espíritu Supremo nunca explicó esta cosa humana!"

El gigante dijo: "Oh, sí, estarás con un humano y lo ayudarás a evolucionar".

Heyoka no podía esperar a que llegara ese momento. Al mismo tiempo, se emocionó cuando comenzó a escuchar una melodía muy baja a lo lejos, al mismo tiempo recibió una gran cantidad de chispas en su cuerpo y su brillo se intensificó.

# CAPÍTULO IV

## SANANDO VIEJAS HERIDAS

Heyoka estaba tratando de identificar de dónde venía la música. En momentos la música era alta y clara para desaparecer un momento después, para luego aparecer en otro punto al momento siguiente. Heyoka estaba confundida pero decidida a encontrar la fuente de ese sonido que martillaba su corazón.

Sin darse cuenta, llegó a una playa. Estaba asombrada, ¡nunca había visto la playa antes! Las olas iban y venían suavemente creando una hermosa espuma blanca en la arena. Cuando llegó a la espuma se dio cuenta de que esta brillaba cuando ella estaba cerca. El resplandor era de un hermoso azul neón. Luego comenzó a caminar por el borde, iluminando la espuma y creando una explosión de chispas azul neón que regresaban al mar con un movimiento rítmico.

Estaba tan distraída por esto cuando golpeó un objeto grande frente a ella. "Ouch" escuchó, cuando iluminó esa parte de la playa vio una criatura que no pudo reconocer.

"¿Qué eres?" preguntó Heyoka.

"Soy una sirena", respondió la sirena con una cara muy triste. "Mi nombre es Melody".

Heyoka estaba tan feliz de encontrar un nuevo amigo, un nuevo ser con quien interactuar.

"¿Por qué estás tan triste? ¿Por qué estás sentada aquí mirando el mar?"

Melody comenzó a contarle a Heyoka su historia:

"Yo nací en el fondo del mar, donde viven todas las sirenas, pero nací diferente, mis características físicas eran diferentes al resto, mi canto también era diferente y por eso me trataban mal. Al principio no me importaba, pero como me trataban tan mal me endurecí, yo era una niña y no les importaba hacerme sufrir, así que comencé a actuar como un adulto para defenderme, puse una barrera entre ellos y yo. Tuve que hacer esto durante varios años. Esperaba que mi familia me defendiera, pero no lo hicieron. Eso me hirió profundamente. Cuando no pude soportarlo más, salí corriendo a la superficie y me he vivido aquí desde entonces".

"Soy un adulto ahora y pude sobrevivir, pero mi dolor es tan profundo… Extraño mi casa, me gustaría volver, pero cada vez que pienso en volver la ira, la tristeza, la decepción regresan y no lo puedo hacer..."

"Es por eso que vengo a la orilla y canto todas las noches, con la esperanza de que algunos miembros de mi familia puedan escucharme y venir a visitarme. Me siento tan sola".

Melody comenzó a cantar, pero la canción era tan triste que Heyoka comenzó a temblar y llorar lágrimas brillantes. Cuando las lágrimas alcanzaron la espuma, no se volvieron azul neón, sino rojo neón. Esta fue una señal de la gran compasión que Heyoka sentía por la sirena.

Después de que Melody acabo de cantar Heyoka le preguntó:

"¿Quieres que vaya al fondo del mar contigo?" preguntó Heyoka. "De esa manera no estarás sola. Puedo sostener tu mano para darte seguridad e incluso puedo cubrirte con mis alas y luz para que te sientas amada. Podemos hacer esto juntas".

Melody miraba a Heyoka, sorprendida por la propuesta. No pudo evitar hacer una pequeña sonrisa que le dio consuelo a su corazón. ¡No podía entender cómo esa pequeña hada podía hablar y actuar como si fuera un león o un gigante!

No pudo evitar decir que sí a la propuesta de Heyoka. No sabía por qué dijo que sí, pero la confianza de Heyoka le dio la fuerza y el coraje para viajar al fondo del mar.

Cuando llegaron al fondo del mar, a la ciudad natal de Melody, todos estaban tan ocupados que no las notaron, pero como por arte de magia todo se transformó en el pasado cuando Melody sufrió tanto.

Cuando vio los eventos del pasado frente a sus propios ojos, comenzó a sentirse triste, pero Heyoka lo sintió y transfirió luz al corazón de Melody para equilibrar sus emociones. Poco a poco, Melody fue recorriendo todas las situaciones que la habían hecho sufrir. Trató de ver a todos con compasión y perdonarlos. No fue fácil, a veces se sentía paralizada, pero Heyoka siempre estaba ahí para ayudarla.

Cuanto más perdonaba Melody el pasado, más empezaba a sentirse más ligera.

Cuando finalmente sintió que su corazón estaba limpio de emociones negativas, ellas volvieron a la superficie. Una vez en la superficie, Melody agradeció a Heyoka por toda su ayuda. Lógicamente, Heyoka estaba débil por toda la energía y las chispas que se transfirió a Melody, pero estaba muy feliz de poder ayudarla.

Se abrazaron y Heyoka continuó su viaje. Luego escuchó al Espíritu Supremo en su mente:

*"Para construir tu presente tienes que sanar tus heridas pasadas, y para enfrentar el futuro tienes que construir tu presente. Verás, es un ciclo completo. Pasado, presente y futuro están todos interconectados.*

*Estoy orgulloso de ti, mi hada, ahora entiendes cómo todo se convierte en un círculo completo".*

# CAPÍTULO V

## EL GIGANTE ATRAPADO EN EL CASTILLO

Heyoka estaba volando presenciando la inmensidad de la luna que ahora estaba iluminada por su luz, cuando miró un gran castillo frente a ella. Tenía curiosidad y por supuesto se acercó a investigar.

Cuando estuvo cerca, vio este castillo grande, alto y redondeado, hecho de ladrillos con una gran puerta al frente y varias ventanas arriba. Era más como una torre que un castillo.

Cuando estuvo lo suficientemente cerca, vio un gran gigante dentro de la torre. Era tan grande que sus extremidades sobresalían por las ventanas de la torre.

"¿Qué sucedió?" preguntó Heyoka.

"Bueno, la cosa es que mi castillo y yo estamos juntos desde hace mucho tiempo. Empezamos a crecer juntos y durante algunos años todo fue bien, crecí junto a mi castillo. Durante este tiempo, muchos animales vinieron y vivieron con nosotros. Pájaros, lagartijas y bichos. Éramos muy felices juntos. Pero de repente comencé a crecer más rápido que mi castillo y como no podía encajar muy bien, tuve que sacar mis extremidades por las ventanas, pero es muy incómodo.! ¡Todavía estoy creciendo!"

Heyoka sintió su dolor y quiso ayudar.
"Déjame ver... Si tiro suavemente a través de la ventana, puedes salir", dijo. Lo intentó y lo intentó, pero cada vez que lo hacía, el gigante se lastimaba y se quejaba. Con cada tirón el castillo parecía desmoronarse y el gigante estaba muy angustiado.

"¡No, por favor no tires más! ¡Si el castillo se derrumba, todos estos animales perderán sus hogares!"

Heyoka entendió el dilema, así que pensó: "Tal vez haya otra manera".

"Espérame hasta que regrese", dijo.

Heyoka fue a buscar al Espíritu Supremo, y cuando finalmente lo encontró, le contó toda la historia. El Espíritu Supremo sintió compasión por el gigante y sugirió lo siguiente.

"Heyoka, no puedo usar mi poder para liberarlo de su situación ya que fue algo que él mismo decidió hacer, pero te diré un secreto que eventualmente podría ayudarlo. Algunos hongos crecen en el valle de los esqueletos. Estos hongos hacen a la gente se haga pequeña cuando los come. Puedes juntar algunos durante la noche y usarlos, pero ten mucho cuidado porque hay cuervos negros que leen la mente y las intenciones de las criaturas que se acercan al valle. Siempre están al acecho listos para robar tus pensamientos e intenciones. Si hacen esto, no podrás salir de allí".

"¿Estás segura de que quieres ir allí y ayudar a tu gigante?"

Heyoka sin dudarlo dijo: "¡Sí!".

Heyoka emprendió su viaje hacia el valle de los esqueletos, al llegar allí su luz estaba envuelta por una densa niebla negra que no le permitía iluminar el camino por el que se encontraba. Sin embargo, se puso a buscar los hongos. Podía escuchar a los cuervos flotando a su alrededor. Lo sorprendente es que los cuervos no emitían ruidos. Tenían ojos penetrantes que no quieres mirar. A veces los sentía justo detrás de ella, tan cerca que se le erizaba la piel. Tuvo que hacer acopio de toda su fuerza interior para no dejar que los cuervos se colaran en su mente.

En cierto momento, todo estaba tan oscuro y el ambiente tan denso que ya no podía ver su luz. Tuvo que gatear para tocar el suelo en busca de los hongos. Sintió a los cuervos respirar detrás de ella, pero nunca supo qué tan cerca estaban.

Lo que no esperaban los cuervos era encontrar su luz interior. Podían ocultar la luz exterior con la densa niebla, pero como su luz interior estaba protegida por su alma y el amor que había acumulado, no podían llegar a su interior.

Heyoka tuvo que confiar en su intuición para encontrar los hongos tocando el suelo y agarrar todo lo que encontró en su paso. Cuando finalmente los encontró, reunió todo lo que pudo y trató de encontrar la salida. Los cuervos y la niebla negra le jugaron una mala pasada, haciéndola adentrarse al valle en vez de salir. En un momento determinado, la hicieron entrar en una cueva llena de púas en un intento de arrinconarla y tener más tiempo para robarle los pensamientos. Pero ella era inteligente. Ella, por supuesto, se lesionó y en momentos pensó que iba a sucumbir, pero sabía que su fuerza y sobre todo el amor que había acumulado era la brújula que la ayudó a salir del valle.

Mientras tanto, el gigante la esperaba, pero pasaba el tiempo y ella no aparecía. El gigante siguió creciendo y estaba tan triste pensando que todo se derrumbaría y caería sobre él.

Cuando Heyoka finalmente pudo salir del valle había pasado mucho tiempo, más de lo que esperaba. Le preocupaba que pudiera ser demasiado tarde para que el gigante saliera del castillo, pero mantuvo su fe en un buen resultado para todos.

Cuando finalmente llegó al lugar encontró al gigante en pésimo estado. Pobre, estaba con tanto dolor y casi dándose por vencido, pero cuando vio al hada, se sintió aliviado. Quería decirle algo a Heyoka, pero estaba exhausto. Heyoka lo sabía, pero no había tiempo para emotivos reencuentros, tenían que trabajar rápido.

"Escucha, este es el plan", dijo. "Todas las noches comerás un poco de estos hongos para que te encojas lo suficiente como para salir, de esa manera nadie en el castillo notará tu ausencia. Cuando salgas, lo haremos". Empezaremos a buscar un lugar y material para construir otro castillo para que puedas vivir, pero esta vez lo construirás contigo afuera. Podemos intentar encontrar material que sea más flexible para ayudarte a crecer sin problemas. Incluso podrías agregar más cámaras si las necesitas".

Y eso fue lo que empezaron a hacer. Todas las noches el gigante comía un poco de los hongos para encoger, de esa manera el castillo estaba en pie sin problemas y podían buscar un lugar para empezar a construir. Les costó un poco encontrar el material adecuado, pero al final todo salió bien. Incluso encontraron más animales dispuestos a ayudar a construir el nuevo castillo.

Cuando Heyoka vio que todo iba bien y que el gigante volvía a estar fuerte y confiado, se despidió de él.

"Gracias amiga mía, por estar cerca en mi hora de necesidad. Sé que no puedes quedarte porque tienes tu misión, pero aquí tienes un hogar acogedor cada vez que quieras venir a visitarnos", dijo el gigante.

Heyoka estaba feliz y agradecida de poder ayudar, pero especialmente de ganar un nuevo y maravilloso amigo. A veces no quería dejar la luna porque había encontrado tanta belleza en ese lugar desolado, pero conocía muy bien su propósito en la vida y sabía que un día sería llamada nuevamente a cumplir su destino.

No pasó mucho tiempo cuando la melodía se comenzó a escuchar, agitando su corazón una vez más...

# CAPÍTULO VI

## AMOR MATERNAL

**H**eyoka estaba asombrada por la luz que producía su cuerpo y cómo esa luz iluminaba más y más extensiones de la tierra a su alrededor. Se sentía muy fuerte. Estaba jugando así cuando vio una ardilla a lo lejos. Lógicamente ella se interesó y se acercó a ella.

"¡Hola!" dijo Heyoka.

"Oh, hola", respondió la ardilla sin mirar a Heyoka. La ardilla tenía una expresión de preocupación mientras hablaba consigo misma: "¿Qué voy a hacer, ¿quién podría ayudarme?"

Heyoka escuchó esto y preguntó: "¿Puedo ayudarte?"

La ardilla vio a Heyoka y comenzó a quejarse: "Oh, pequeña hada, ¿qué puedes hacer por mí con ese cuerpecito que tienes? Necesito salir y ver al Espíritu Supremo. He estado enferma y no he podido cuidar a mi descendencia. Necesito encontrar comida para él, pero no tengo fuerzas para buscar, estoy abrumada y no sé qué hacer".

Heyoka, al sentir su angustia, le dijo: "Puedo ayudarte, soy pequeña pero fuerte. Dime qué hacer".

La ardilla dijo: "¿Puedes cuidar a mi bebé cuando no estoy?"

"¡Por supuesto!" Heyoka replico sin saber exactamente qué significaba eso. Cuando la mamá ardilla se fue, Heyoka miró dentro de la madriguera y encontró una pequeña ardilla bebé.

"¡Oh! ¡Eres tan pequeño y lindo! Juguemos juntos".

Pasó el tiempo y la ardilla bebé empezó a llorar. No importaba lo que hiciera Heyoka para divertirlo, seguía llorando. "¡Tengo hambre!" dijo.

Heyoka no encontró nada para alimentarlo, pero recordó que los árboles que plantó en la montaña estaban llenos de nueces. Así que decidió tomar a la ardilla bebé y volver a la montaña, pero el era más grande y más pesado que ella. Sin embargo, ella lo cargó y voló hacia la montaña que estaba muy lejos.

Después de un tiempo y con mucho esfuerzo por fin llegó al lugar de la montaña. Dejó al bebé en el suelo y empezó a buscar las nueces. ¡Simplemente apartó los ojos del bebé durante unos segundos y el bebé se había ido!

"¡Oh, no! ¿Dónde estás?" Heyoka estaba tan preocupada...

Heyoka estaba muy cansada por el viaje, pero no le importó, comenzó a buscar al bebé hasta que lo encontró. "¿Estás bien? ¡Estaba tan preocupada! Te ves bien" dijo, dándole las nueces para comer.

De repente, empezó a llover y se mojaron. Había una fuerte tormenta y el bebé tenía mucho miedo. Heyoka estaba tan abrumada porque nunca anticipó todos estos problemas. Ahora, necesitaba encontrar refugio para ellos, pero la ardilla bebé tenía mucho miedo. Heyoka no tuvo más remedio que cubrir a la ardilla bebé con su cuerpo y con sus alas hizo una especie de casa sobre ellos para cobijarse, pero la lluvia era tan fuerte que le rompió las alas.

Después de un rato, dejó de llover, pero la ardilla bebé estaba temblando, Heyoka estaba muy preocupada. No tenía nada para cubrir al bebé y estaba tan cansada... sin dormir, sin comer y con dolor, pero necesitaba encontrar algo para cubrir al bebé. Al final, encontró unas hojas grandes que podría usar para cubrirlo. Finalmente, el bebé estaba tranquilo y contento.

Pero Heyoka necesitaba regresar y devolver al bebé, así que reunió las pocas fuerzas que le quedaban y voló de regreso con la ardilla bebé. Sí, voló incluso con las alas rotas. Cuando por fin llegó estaba casi muerta, ¡era una miseria!

La madre ardilla y el Espíritu Supremo la estaban esperando, cuando finalmente regreso al bebé sano y salvo se derrumbó, pensó que estaba muerta. El Espíritu Supremo se acercó a ella y con un gesto compasivo de su nariz devolvió a Heyoka su brillo original, luego le explicó:

"Te deje experimentar este tipo particular de amor que es la maternidad. Este amor es como ningún otro en el mundo ya que requiere muchos sacrificios, pero no creas que las madres son víctimas. Eso lo aprenden desde el momento en que tienen un hijo". que su mundo está en segundo lugar, las madres tienen la gran responsabilidad de transmitir a sus hijos todas las bondades de esta vida, pero al mismo tiempo tienen que proveerles de alimento, techo, vestido, salud, diversión, etc. Incluso si no tienen los recursos o la energía o la fuerza para hacerlo, encontrarán todo esto desde el amor que brota de su corazón materno".

Heyoka no podía estar más de acuerdo, pero pensó que no era bueno que las madres no pensaran en sí mismas. Ella pensó que incluso las madres necesitan equilibrio en sus vidas, pero entendió lo que el Espíritu Supremo estaba tratando de enseñarle. Estaba guardando todos estos pensamientos en su corazón cuando sintió una gran cantidad de chispas entrar en su cuerpo, estaba brillando más que nunca y su luz llegaba a vastas áreas a su alrededor.

# CAPÍTULO VII

## *METAMORFOSIS*

Heyoka estaba tan distraída tratando de entender cómo iba a encontrarse con su humano, que seguía escuchando en su corazón la melodía que por momentos era fuerte, pero por momentos parecía desvanecerse. Volaba sin dirección cuando se encontró con algo muy extraño.

Se detuvo frente a esta cosa extraña que estaba suspendida de la rama de un árbol, no podía pensar qué podría ser. ¡De repente, la cosa comenzó a moverse!

"¡Oh, vaya!" exclamó Heyoka. "¡Se mueve!"

Al mismo tiempo, una hermosa mariposa pasó y le habló a Heyoka "¡Hola! No te preocupes, saldrá pronto, ten paciencia". y continuo su viaje.

"Uh, ¿qué quiere decir con eso? ¿Qué es esta cosa? ¿Por qué está saliendo?" ¡Estaba pensando en todo esto cuando la cosa comenzó a moverse de nuevo! Entonces escuchó algo que le habló desde dentro de la estructura que decía:

"No tengas miedo. Estoy casi lista para salir, espérame y verás".

La pobre Heyoka estaba tan confundida. La estructura sintió su confusión y le dijo: "Soy una crisálida y estoy en mi proceso de metamorfosis".

"¿Una qué? ¿En qué proceso?" ella estaba más confundida. Entonces la voz de la crisálida le dijo a Heyoka "Piensa en mi voz y te voy a invitar dentro de mi crisálida para que sepas lo que está pasando".

En un instante, Heyoka desapareció y reapareció dentro de la crisálida, luego vio una especie de gusanito en su interior que se movía constantemente, pero con movimientos muy sutiles. Luego le explicó esto a Heyoka.

"¿Sabes que soy una mariposa? Pero mi vida no comienza como tal. Primero soy una larva, luego una oruga, luego una crisálida y finalmente una mariposa. En este momento, estoy cambiando mi forma a través del proceso de la metamorfosis".

"Voy a explicar qué es esto porque será útil para tu viaje cuando te encuentres con tu humano".

"¿Qué dijiste? ¿También lo sabes?" Heyoka estaba tan intrigada e interesada al mismo tiempo, que comenzó a escuchar la explicación de crisálida sobre su vida y el proceso de metamorfosis.

"Cuando yo nací era una pequeña larva, como un gusanito diminuto que comenzó su vida con hambre. Durante este período, lo único que hice fue comer hojas verdes y como comía todo el tiempo, ¡comencé a crecer mucho! En cierto momento, crecí y me convertí en una oruga, mis colores permanentes comenzaron a aparecer y ¡tenía más hambre que nunca! ¡Fue un tiempo maravilloso! No tenía preocupaciones, simplemente disfrutaba de la vida y crecía sin darme cuenta, pero en un momento dado, me sentí obligada a construir un capullo. No sabía por qué, pero empecé a construirlo. Lo extraño que viste desde afuera es en realidad mi capullo que se está transformando junto a mí. Por eso estoy adentro, estoy cambiando tanto estos días y el proceso no es divertido. Todo lo que antes era en cierto modo ya no será, pero no es que se borre si no se incorporara en mi

"A veces me siento tan triste por todo lo que se fue, otras veces me siento esperanzado y feliz sabiendo que seré una hermosa mariposa, otras veces siento dolor y no entiendo por qué. Por ejemplo, mis hermosas piernas están desapareciendo para dar paso a unas piernas nuevas, más delgadas y largas. Las viejas no me servirán porque son cortas, gorditas y lentas, pero las nuevas me mantendrán aterrizando fácilmente sobre todo tipo de flores.

"A veces puedo describir este proceso como brutal, porque ya no puedo reconocerme, así que tengo que ser paciente y compasiva conmigo misma. Pero me considero afortunada ya que solo tengo que pasar este proceso una vez en mi vida.

"Los humanos, sin embargo, tienen que pasar por este proceso varias veces en su vida. El primero es un cambio biológico como el mío, pero el resto puede ocurrir cuando quiera e involucrar cambios psicológicos, mentales y espirituales. Todos estos procesos están ocultos a simple vista, pero puedes captar estos cambios en la mente humana debido a la intensidad de su agitación interna. Pueden estar de mal humor, confundidos, tristes o frustrados sin motivo aparente..."

"Muchos de ellos se resisten a los cambios y sufren mucho por ello, créeme Heyoka, no es divertido no poder reconocerte más.
Tienes que tener paciencia con ellos e incluso ayudarlos a pasar este proceso con tu luz. Esta es una de tus tareas más importantes cuando conoces a tu humano".

Heyoka escuchaba atentamente, pero empezó a sentir miedo y se preguntaba si iba a ayudar y apoyar a su humano en cambios tan importantes. Empezó a dudar de sí misma, pero la crisálida le aseguró que estaba acumulando sabiduría para enfrentar este tipo de desafíos.

Heyoka se quedó dentro de la crisálida un poco más para observar todos los cambios genéticos y biológicos que estaba teniendo, después de un tiempo se encontró fuera y fue testigo de cómo una hermosa mariposa salía del capullo. ¡No podía creer lo que veía! ¿Cómo puede este proceso transformador cambiar tanto algo?

Una vez que la mariposa secó sus alas y estuvo lista para volar le dijo a Heyoka "No le tengas miedo a los cambios, las transformaciones son buenas para hacernos crecer y madurar, adquirimos sabiduría y experiencia para adaptarnos a nuestras nuevas necesidades y entorno. Es un ciclo de vida y es mejor cuando dejamos ir nuestro deseo de controlar o evitar el cambio. Estoy volando ahora, deseo que pronto puedas reunirte con tu humano. Se atenta a las señales y confía siempre en tu intuición".

"¡Adiós, Heyoka!" Desapareció, volando en la distancia, batiendo a la vez sus coloridas y hermosas alas.

# CAPÍTULO VIII

## EL UNIVERSO DE LA MÚSICA

**H**eyoka no podía olvidar lo que dijo la mariposa sobre estar atenta a las señales. Entonces, decidió explorar más sobre el tipo de música que escuchaba. Descubrió que junto a la melodía había sentimientos que ella tenía como si a través de la música el humano intentara comunicarle su estado emocional.

A veces el ritmo de la música era lento y triste, otras veces rápido y festivo, con el tiempo Heyoka aprendió a interpretar estos signos musicales y a conocer el estado de su ser humano. Si su humano estaba triste, de alguna manera se sentía deprimida. Si su humano estaba preocupado, se sentía incómoda. Si su humano estaba feliz, se sentía con energía y quería cantar.

Heyoka entonces entendió cómo la música es la forma de hablarle al alma, entendió que la música es la ola que agita y estimula tus "fibras" internas. Físicamente hablando la música no es más que el movimiento de las moléculas del aire a través de una fuerza externa, pero cada tipo de música tiene su ritmo vibratorio, y cada ser humano también.

¡Cuando encuentras una hermosa melodía que es compatible con tu estado, resuena de tal manera que te cambia! Supera tu mente y tu intelecto, va directamente a tu núcleo vibratorio y te "habla", te golpea y te hace vibrar.

Luego escuchó al Espíritu Supremo decirle sin palabras: *"Todo en el universo produce música. Solo es cuestión de que estés lo suficientemente atenta para experimentarlo. Solo haz una pausa por un momento y siente* la música a tu alrededor, a través de la brisa que golpea tu rostro, a través del sol tocando tu piel, a través del aroma de una hermosa flor, a través del suelo bajo tus pies. Todo resuena con la melodía que estás recibiendo desde lejos".

Heyoka no podía sentirse más agradecida por una explicación tan hermosa sobre la música y especialmente sobre su música humana, derramó lágrimas silenciosas y brillantes de alegría por su humano.

# CAPÍTULO IX

## A LA TIERRA

Heyoka se transformó tanto que incluso ella se sorprendió. Ella no se reconoció a sí misma. Entendió que el amor es uno solo, pero con diferentes manifestaciones, que todo en el universo está hecho de amor, y como tal todo necesita volver a su origen. Estaba pensando en todo esto cuando su mente le dijo esto:

*Este camino lo caminaras sola y sin embargo no estás sola, tienes todas las experiencias y lecciones que obtuviste a lo largo de tu vida, vuelve al principio cuando te lo dije.*

*El amor que has recibido debe ser dado.*

Y como una burbuja que estalló de repente, ella desapareció de la luna.

Cuando Heyoka despertó estaba desorientada. Ella no sabía dónde estaba. Se levantó y miró a su alrededor pensando: "¿Estoy en el bosque de mi luna?" Voló alto pensando que era su luna, ¡pero se sorprendió mucho al ver un sol brillante sobre ella! Miró hacia abajo y vio un gran bosque, luego un río, luego grandes montañas. Era como la luna, pero sabía que estaba en la Tierra por la luz brillante que lo iluminaba todo.

Voló alrededor para reconocer el lugar, sabiendo en su corazón que su encuentro con su humano se acercaría pronto.

Estaba fascinada con todo hasta que se encontró con algo peculiar. Vio dos árboles separados por una distancia considerable, pero los árboles se inclinaban uno hacia el otro, sus copas se tocaban de una manera que formaba una especie de puente entre ellos.

Heyoka estaba hipnotizada porque nunca había visto algo así, luego se acercó al par de árboles y preguntó:

"¿Sientes dolor al estar en esa posición? ¡De donde vengo no hay árboles como tú!"

Entonces los árboles le dijeron a Heyoka: "Bueno, hemos estado juntos uno frente al otro durante mucho tiempo. Venimos de la misma semilla, pero de alguna manera nos estábamos separando, así que cuando empezamos a crecer decidimos hacer un esfuerzo y volver a reunirnos, ha sido un proceso largo y lento, pero como puedes ver nuestras copas ya se tocan".

Sin embargo, nuestras raíces siempre estuvieron juntas, no las ves porque están bajo tierra, pero son nuestra fuente de fortaleza.

Heyoka estaba muy interesada en todo lo que decían estos árboles, pero de repente recordó que ya no estaba en la luna y que ahora necesitaba buscar a su humano. Heyoka luego les dijo a los árboles: "¿Saben que soy un hada y vengo de la luna? Estoy esperando para reunirme con mi humano, ¿saben qué debo hacer?". Entonces los árboles le dijeron:

"Solo tienes que escuchar la melodía en tu corazón. Suponemos que ya la escuchaste porque si estás aquí es porque pronto te reunirás con tu humano". Heyoka sintió un estremecimiento en su corazón solo al escuchar que se reunirá pronto.

Se despidió y continuó su camino meditando en lo que le decían los árboles. Hizo descubrimientos muy importantes y se sintió muy emocionada de compartir este conocimiento con su humano algún día, ella pensó.

"Estos árboles me enseñaron cómo la magia de su amor ocurrió debajo de la superficie, fue a través de la energía de sus raíces, su alma y esencia que viajaron silenciosamente a través del tiempo y el espacio y se nutrieron mutuamente. Se comunican en otro nivel, como un susurro viajando por el espacio, se tocan primero a través de sus raíces".

Ella entonces se fue volando, siguiendo la música que la llevaría a encontrar a su humano.

# CAPÍTULO X

## LUNA CRECIENTE

*H*eyoka estaba tan inquieta e impaciente, su corazón latía todo el tiempo, e incluso sentía escalofríos sin saber la causa. De repente, Heyoka se sintió tan sola y comenzó a extrañar su luna. Tenía tantos amigos allí y aunque la Tierra era hermosa, se sentía tan sola que comenzaba a extrañar a su humano sabiendo que estaba cerca. Pensó en la ironía de estar tan cerca y tan lejos; ¡lo mismo con su luna! Incluso podría tratar de tocarla con su pequeño dedo, pero estaba muy lejos. Esta es la historia que escuchó en su corazón:

*Cuenta la leyenda que la luna estaba esperando a su amado, y ella brillaba hermosa, redonda y brillante. Estaba tan llena de amor y estaba tan segura que su amado vendría, pero su amado nunca llegó.*

*La luna no podía entender por qué si era tan brillante y hermosa nadie se acercaba a ella. La pobre lunita estaba tan sola que empezó a llorar. Ella lloró y lloró durante dos semanas, añorando, esperando y orando. Después de dos semanas, se despertó en medio de la noche estrellada y notó que había cambiado. Ya no estaba llena, estaba en media luna. En ese preciso momento, apareció un ser celestial y golpeó a la luna con tal fuerza que fusionó su luz con la de ella. ¡Ahora la luna estaba tan feliz! ¡Por fin llegó su amado! Fue entonces cuando la luna entendió algo importante, que necesitaba tener espacio para recibir amor, no podía hacerlo totalmente sino solo cuando estaba menguando.*

Heyoka estaba llorando en silencio al escuchar una historia tan hermosa. Entonces comprendió cómo tenía que estar preparada para su encuentro. Ella recordó todos sus encuentros del pasado y los atesoró profundamente en su corazón. Sabía que cada uno de ellos le enseñó a amar. Sí, estaba preparada y lista para su tarea, y con esa actitud se fue a dormir limpiándose las lagrimitas de su rostro. Tenía la esperanza de que al día siguiente sería el día en que conocería a su humano.

Mientras dormía soñó con esta melodía:

*estaba buscando en la noche*
*arrastrando mi alma cansada,*
*buscando una respuesta*
*que acabara con mi sufrimiento.*

*le pedí al cielo una respuesta*
*un milagro de luz,*
*aparecería entonces mi hada*
*con su brillo impresionante,*

*estuvimos juntos por un tiempo...*

# CAPÍTULO XI

## EL CHICO

Esta es la historia de un chico valiente pero solitario que vivía en el bosque desde hace varios años. Nadie sabe cómo terminó allí. El bosque era espeso y denso y a veces, el ambiente era tan denso y pesado que el chico sentía que se estaba ahogando; sin embargo, el chico sobrevivió y se adaptó a todo esto. Aprendió a recoger los frutos y hongos que le daba la tierra del bosque; con su espada, cortó la maleza y las ramas que a veces parecían atacarlo.

Pensó para sí mismo: "Sí, soy un chico valiente, puedo defenderme, pero estoy solo".

Como el bosque era tan denso y espeso, el chico no podía comprender su extensión, por lo que decidió quedarse en su lugar conocido. Pensó: "Al menos conozco este pedazo de tierra donde estoy parado".

El chico nunca supo que el bosque era tan vasto como el mundo entero y en otro lugar, otros chicos y chicas estaban peleando sus propias batallas, pero de vez en cuando - por los anhelos y deseos de amor de todas estas almas atrapadas - pequeñas hadas se materializaban en el mundo por las lágrimas de estas almas solitarias.

El chico, por haber vivido tanto tiempo en el bosque denso, perdió la vista. Por lo general, usaba su súper desarrollado sentido del oído. Mientras las otras almas de todo el mundo anhelaban compañía, él también rezaba para encontrar un compañero que lo ayudara a soportar su existencia solitaria. Solía cantar canciones, a veces canciones alegres, a veces canciones tristes. ¿Qué sabía él acerca de cómo sus canciones materializarían a un hada como compañía?

Había días en los que despertaba y sentía el sol en la piel. Su sentimiento cálido y nutritivo lo hizo sentir feliz. Solía encarar su vista ciega hacia el sol en un intento de ver algo, pero todo estaba completamente oscuro, excepto por esta cálida sensación sobre su cuerpo que lo consolaba, pero solo por un rato.

A veces, cuando salía a buscar comida por el bosque cantaba, pero no podía explicar su anhelo. A veces simplemente sentía este dolor en su corazón que lo hacía llorar. Por la noche, cuando escuchaba la melodía de los grillos y las ranas, trataba de emularlos con la esperanza de que pudieran responderle. Cuando se dio cuenta de que era solo una ilusión, se sintió muy triste y comenzó a cantar canciones también tristes.

Entonces, este chico solitario pasó sus días haciendo las mismas cosas cantando, a veces desesperado o a veces con esperanza que sucediera algo en su vida que cambiara su estado. Ni siquiera recordaba quién era antes de terminar atrapado en el denso bosque.

A veces, mientras dormía, tenía sueños vívidos sobre una criatura extraña que venía a visitarlo. Sus sueños, al igual que su vista no tenía imágenes, pero de alguna manera podía identificar la presencia de este ser, incluso hablaban entre ellos, lo que hizo que el chico se sintiera inmensamente emocionado y feliz, pero cuando despertó a la mañana siguiente, se dio cuenta de que solo era un sueño y su soledad se hizo aún más insoportable.

Había ciertos días (que para él eran noches) en que se escuchaban extraños ruidos que venían de lo profundo del bosque. Nunca se aventuraba más allá de sus lugares conocidos, por lo que cuando escuchaba estos ruidos imaginaba que un temible tigre que quería entrar en su espacio y comérselo. En estas ocasiones siempre estaba preparado con su espada, listo para defenderse en caso de que el temible animal se le acercara.

En otras ocasiones escuchó el lejano trinar de los pájaros, pero un día escuchó el trinar muy cerca, era muy curioso. Encontró un pajarito herido, así que lo llevó a casa y lo cuidó. Cuando finalmente el pájaro estuvo bien lo soltó, pero el pájaro decidió quedarse con él. Eso calmó el corazón del chico, al menos podía escuchar el canto de este pájaro todas las mañanas, pero el pájaro no duró mucho porque sus heridas no sanaron incorrectamente y murió. De todos modos, durante el tiempo que estuvieron juntos, el chico se sintió menos solo.

Este era el estado de este chico cuando comenzó a sentir una melodía en su corazón, cada día la melodía era más fuerte a la par del anhelo de su corazón.

La melodía dice:

*yo buscaba la noche,*
*Esperando mi estrella fugaz,*
*Pero no la encontré en el cielo*
*Pero revoloteando a mi lado.*

*Ella baila intermitentemente en*
*Frente a mí sin parar,*
*Es como si me hablara de sus deseos*
*A través de su baile.*

*Estuvimos juntos por un tiempo,*
*Y su magia alivio mi dolor,*
*Su brillo ilumina mi oscuridad,*
*E Infunde coraje para mi viaje...*

# CAPÍTULO XII

## EL ENCUENTRO

**H**eyoka despertó de nuevo en medio del bosque, cuando abrió sus ojitos vio el intenso sol sobre ella, ¡era tan brillante que no podía soportar su resplandor! "¡Guau!" pensó, "¡Nunca he visto nada más brillante que este sol!"

Cuando empezó a mirar a su alrededor, ¡todo era tan brillante! ¡Entonces se dio cuenta de que ella también estaba brillando! Y debido a eso, todo su entorno era intensamente brillante. Incluso emanaba pequeñas chispas que viajaban entre el bosque. Cada pequeña chispa contenía la melodía con la que estaba soñando últimamente:

*estaba buscando la noche*
*arrastrando mi alma cansada,*
*buscando una respuesta*
*que acabara con mi sufrimiento.*

*Le pedí al cielo una respuesta.*
*Un milagro de luz,*
*Entonces aparecería mi hada*
*Con su brillo impresionante*

*Estuvimos juntos por un tiempo...*

Al mismo tiempo, el niño se despertaba cuando comenzó a escuchar y sentir las pequeñas chispas que le llegaban. Cada chispa traía la melodía con la que soñaba:

*Yo buscaba la noche,*
*esperando mi estrella fugaz,*
*pero no lo encontré en el cielo*
*sino revoloteando a mi lado.*

*Ella baila frente a mí sin parar,*
*es como si me hablara de sus deseos*
*a través de su baile.*

*Estuvimos juntos por un tiempo,*
*y su magia alivio mi dolor,*
*su brillo ilumina mi oscuridad,*
*e Infunde coraje para mi viaje...*

Se sintió extrañamente feliz y comenzó a hablarle al viento.

"¿Qué es esto? Siento estos pequeños objetos tocar mi piel, calientan mi alma... ¿Qué dijiste?"

Heyoka se sorprendió mucho al escuchar "¿Qué dijiste?" entonces ella respondió:

"¿Estoy escuchando bien? ¿Estás ahí?"

Esta vez el chico escuchó, "¿Estás ahí?" Estaba tan sorprendido que respondió: "¡Sí, estoy aquí! Te escucho, ¿quién eres?"

Heyoka respondió, "Soy Heyoka. Soy un hada, vine al mundo desde la luna para estar con mi humano, para ayudarlo en su viaje. ¿Eres mi humano?"

El chico dijo: "No sé, lo único que sé es que eres la primera persona con la que hablo en mucho tiempo, pero necesito decirte que no veo nada, así que no sé dónde estás, ¿estás cerca de mí? ¿Me ves?

Heyoka dijo, "No realmente, estoy en un bosque y escucho tu voz, pero no te veo".

Chico: "Oh, lo siento, yo no puedo ayudarte. Soy un inútil y ciego, así que no sé exactamente dónde estoy. Sé que es el bosque, pero no sé dónde. Empecé a escuchar esta melodía y a sentir estas chispas cálidas a mi alrededor".

Heyoka dijo: "Está bien, podemos hablar, y mientras hablamos puedo averiguar dónde encontrarte" dime tu nombre. El mío es Heyoka".

Chico: "Mi nombre es Amaris".

Heyoka estaba tan sorprendida, ya que Amaris significa "hijo de la luna", confirmó que él era su humano...

Después de recuperarse del susto, le explicó a Amaris cómo vivía en la luna, cómo su guía y guardián era el Espíritu Supremo que era el creador de todo en el universo y él es simplemente Amor puro.

Ella le contó cómo se preparó con una serie de experiencias que le enseñaron sobre los diferentes matices que tiene el amor, todo esto para encontrarlo en la Tierra y ayudarlo.

Amaris estaba tan sorprendido de escuchar todo lo que Heyoka le estaba diciendo que nunca pensó que algo así podría suceder. En un momento de iluminación, se sintió por primera vez en mucho tiempo agradecido por esos días y noches solitarios que lo hacían anhelar un cambio porque sabía que esos gritos de ayuda materializaron a Heyoka y la trajeron hacia él.

Heyoka se dio cuenta de que el bosque era muy denso y no iba a ser fácil llegar a donde estaba Amaris, pero comenzó a esforzarse en atravesarlo mientras conversaba con él.

"¿Recuerdas algo antes de que terminaras aquí?" preguntó Heyoka.

"Mmm, no realmente, aunque puedo hacer un esfuerzo y tratar de recordar. Recuerdo cuando era un niño y era feliz. Supongo que, a lo largo de mi crecimiento, creció mi miedo a algo, aunque no puedo identificar por qué tenía tanto miedo. Recuerdo que un día decidí huir de casa y venir al bosque, no sé en qué momento me perdí, de ahí en adelante solo recuerdo como fui perdiendo la vista poco a poco hasta quedarme completamente ciego. Ser ciego no fue tan malo. Me ayudó a enfrentarme al mundo, al menos no tuve que ver nada más. Poco a poco me fui acostumbrando a este lugar y no ver me ayudó a armarme de valor, sobrevivir a mi entorno".

Mientras Amaris le contaba su historia a Heyoka, ella intentaba penetrar en el denso bosque, ¡pero era tan pequeña que era imposible! Pero recordó que sus chispas, que se habían ido acumulando durante su viaje a la luna, podrían ayudarla en esta tarea. Entonces, comenzó a empujar ramas, palos y hojas con la ayuda de sus chispas. Por cada esfuerzo que hacía, chispas emanaban de su cuerpo para ayudarla a empujar. Hacía esto durante horas, incluso días. Ella era tan pequeña.

# CAPÍTULO XIII

## LOS SUEÑOS DEL CHICO

Amaris:     "Buenos días, Heyoka. ¿Cómo estás?"

hola: "Buenos días Amaris. Sigo aquí".

Amaris:     "¿Has adelantado algo?"

hola: "No puedo decirlo, pero estoy segura de que es más cerca que antes".

Amaris:     "Quiero decirte que tuve un sueño y creo que lo que soñé explica por qué corrí al bosque. ¿Quieres escucharlo?"

Heyoka dijo,     "¡Sí!"

## LA HISTORIA DE AMARIS
## CASTILLOS DE ARENA

*Y*o tuve un sueño. Estaba en la playa construyendo hermosos castillos de arena. Ponía mucho esfuerzo y me encantaba hacer mis castillos. Cuando terminé de construirlos, simplemente me senté junto a ellos para admirarlos y ser feliz disfrutando de mi obra de arte. ¡Pero vino el mar y en cada ola, destruyó mi castillo!

Decidido a no rendirme volví a construir mi castillo, cada vez lo hacía más hermoso, ¡llegaba el mar e invariablemente lo volvía a destruir!

Después de tres o cuatro veces yo construyendo y el mar destruyendo mi castillo, estaba muy enojado, así que decidí ponerme entre mi castillo y el mar.

Le dije: "Oye mar, sabes que te amo, pero no destruyas mi castillo, porque si lo haces tendrás que pasar por encima de mí". El mar no escuchó y en un rugido de sus olas nos envolvió a mí y a mi castillo de inmediato. Estaba en un movimiento frenético dentro de las olas que caían y rodaban por todo el mar. No podía respirar, hasta que el mar me arrojo sobre la arena, estaba medio vivo o medio muerto.

"Entonces el mar me habló y me dijo "te amo". Lo que acabo de hacer es por amor a ti y porque te amo, necesito enseñarte esta lección.

"Necesito decir que me encanta verte construir tus castillos con tanto amor y tanta dedicación, incluso lloro lágrimas de alegría al sentir tu alma feliz, esperanzada y enfocada, pero sabes que mi naturaleza no se puede controlar. Yo Soy el mar y el mar hace olas y las olas chocan contra la arena. Es un hecho de la vida, nadie puede cambiar eso, no importa cuánto nos amemos. Si construyes tu castillo la próxima vez, invariablemente lo destruiré de nuevo".

"Me rompe el corazón créeme y porque te amo, lloro mis lágrimas saladas sobre ti con gran dolor".

Después de esta conversación pude incorporarme empapado de las lágrimas saladas del mar. Entonces el mar me volvió a preguntar: "¿Por qué construiste tu castillo con tanto amor y esperanza?"

"Sabes, todos dicen que los castillos de arena representan nuestros sueños, pero para mí, es más que eso. Construí mi castillo con tanto amor porque puse en él a todas las personas que más aprecio. Mi familia inmediata, la familia de mi ciudad natal, todos mis amigos, incluso los que vienen".

El mar respondió entonces: "Pues tienes dices bien a no olvidar a nadie, porque no puedes construir ese tipo de castillo que es hermoso si descuidas, abandonas o borras alguno de ellos, sería triste e injusto".

"Tal vez" continuó el mar "Necesitarás construir tu castillo en otro lugar y cuando encuentres ese lugar que sea adecuado para todos, entonces vendrás a mí y aprenderás a montar mis olas"...

Cuando Amaris terminó de contarle su sueño, Heyoka estaba exhausta nuevamente porque seguía empujando y tratando los obstáculos para llegar hacia él.
Entonces ella dijo:

"Ese fue un sueño muy revelador significa que sabes sobre el amor porque querías brindar un hogar para todos"

Amaris:    "Tienes razón, por eso terminé en el bosque. Estaba buscando un lugar donde construir mi castillo sin que el mar lo destruyera, pero en cierto punto simplemente me perdí aquí, mi miedo me impidió darme cuenta de mi sueño."

Heyoka estaba más en silencio, conteniendo sus lágrimas, sintiendo el dolor de Amaris debido a sus sueños incumplidos.

Amaris, con los ojos llenos de lágrimas, dijo entonces:
"Fue la incapacidad para cumplir mis sueños por mis inseguridades y miedos que me mantuve atrapado en este bosque. No podía salir porque me sentía inseguro y sin darme cuenta pasaron los años y perdía la vista. Creé la ilusión de que fui valiente, pero la realidad es que me convenía seguir viviendo aquí sin el peso de volver a enfrentarme al

mundo. ¡Ay, qué desgraciado soy! y se tapaba la cara con las manos para llorar...

En ese momento, Heyoka sintió que chispas de luz salían volando de su cuerpo hacia Amaris. Una vez más, su poder curativo ayudó a Amaris a comenzar a sanar a través de la toma de conciencia de sus miedos e inseguridades.

# CAPÍTULO XIV

## MONTANDO DRAGONES

Heyoka recordó una de las historias que alguien en la luna le contó sobre una chica con un dragón, así que le dijo a Amaris:

"Sé querido Amaris que te sientes triste porque yo siento tu tristeza, pero ser finalmente consciente de tus problemas es el primer paso para sanar. Recuerdo una historia que alguien me contó mientras vivía en la luna. Te la contaré ya que creo que es útil en este momento". Heyoka le dijo a Amaris sobre la niña y el dragón de tres cabezas:

*Había una niña que estaba acompañada por un dragón con 3 cabezas, toda su vida le había tenido miedo. Siempre que andaba el dragón estaba ahí. A veces estaba cerca,* otras veces estaba lejos, pero lo suficientemente cerca para que la niña lo viera, siempre le tenía miedo.

Pasaron muchos años con la niña y el dragón de tres cabezas juntos, hasta que un día ella reunió fuerzas para acercarse al dragón y preguntarle su nombre. Estaba temblando cuando se acercó a él, en un momento quiso retroceder y correr a esconderse, pero siguió caminando hacia el dragón.

El dragón de tres cabezas vio su intención y decidió acercarse a ella.

"¿Quieres saber mi nombre?"

Ella dijo, todavía temblando: "Hemos estado juntos durante tanto tiempo que estoy exhausta de esconderme de ti".

El dragón de tres cabezas respondió: Mi nombre es "Angustia" y mi poder es desarreglar. Estos son mis hermanos gemelos "tímido" y "desestimado", juntos tenemos el poder de congelar tus esfuerzos por avanzar y evolucionar.

La niña se quedó en silencio, escuchando lo que decía el dragón de tres cabezas. Después de una pausa, ella asintió y dijo: "Es cierto, me has impedido tantas veces avanzar".

Entonces el dragón dijo: "Pero debo decir que hiciste algo extraordinario que nunca antes habías hecho".

"¿Qué hice?" preguntó la chica.

"Tenías la intención de acercarte a mí. Reuniste fuerzas a pesar de que tenías *miedo, luego viniste y me enfrentaste. Ese es el comienzo de tu cambio".*

*Entonces la niña respondió: "De ahora en adelante, en lugar de luchar contra ti, me gustaría que fueras mi amigo y cabalgáramos juntos".*

Heyoka luego le dijo a Amaris: "No importa cuán grandes sean tus dragones, siempre podrás hacerte amigo de ellos para cabalgarlos bien".

Amaris entendió lo que Heyoka quería decirle, que no importa cuán grandes sean nuestros miedos o inseguridades, siempre podemos tratar de conocerlos para actuar mejor sobre ellos. El chico sabía que sus inseguridades le impedían cumplir sus sueños y lo mantenían atrapado en ese bosque. Había pasado tanto tiempo que incluso se olvidó del propósito de su vida, ahora sabía que necesitaba hacer algo para cambiar su situación.

Amaris estaba escuchando de manera puntual, estaba sorprendido y feliz a la vez que por fin tenía a alguien con quien hablar, alguien que le podía dar consejos.
Le dijo a Heyoka:

"Estoy tan contento de que estés aquí", y pequeñas chispas volaron de nuevo desde el cuerpo de Heyoka para aterrizar en el cuerpo de Amaris, sintió la cálida sensación del amor de esta pequeña hada por él...

# CAPÍTULO XV

## AMISTAD

*H*eyoka estaba tratando y tratando de penetrar en el bosque denso. Había avanzado mucho, pero aún quedaba un largo trecho por caminar. Podía trabajar durante las mañanas ya que era un trabajo agotador y utilizaba muchas de sus chispas, parte para penetrar en el bosque y parte para consolar o sanar a Amaris, por lo que necesitaba descansar por la noche. Así pasaron muchos días, poniendo todo su empeño en ayudar a su humano a cambiar su destino.

En una ocasión, Heyoka le preguntó a Amaris: "¿Recuerdas a tus amigos?"

Amaris respondió: "La verdad es que no, ni siquiera recuerdo lo que es la amistad", dijo esto con voz grave pero melancólica. Entonces Heyoka recordó un encuentro en la luna que le hizo entender la amistad, por lo que decidió compartir la historia con Amaris.


## AMIGOS

Estaba en la luna volando muy feliz tratando de encontrar a alguien con quien hablar cuando de repente me topé con algo que no reconocí. Le pregunté: "¿Qué eres?"

Ella respondió:

"Soy una flor"


"Ah, sí, el Espíritu Supremo me habló de las flores. Me dijo que hay diferentes tipos y que todas son fragantes. También me dijo que son un signo de amistad, pero no sé qué significa eso".


"Ven todos los días a visitarme y te explicaré", dijo la flor.

"Empecé a visitar la flor todos los días. Ella me explicó que por lo general las flores solo existen en la tierra, pero de vez en cuando pueden aparecer en la luna, como la luna es oscura y no hay humanos las flores pierden el propósito de su existencia. Me entristeció mucho escuchar esto, así que le pregunté a la flor: "

"¿Qué puedo hacer por ti? ¿Podemos ser amigos? ¿Me puedes explicar qué es la amistad? Durante muchos días pude visitar a la flor y ella me explicó lo siguiente:"

"Los amigos están unidos por un amor puro que les hace validar su existencia. Se aman el uno al otro sin juzgarse, se apoyan, se sirven, ríen entre ellos y hasta sufren entre ellos. Siempre quieren el mayor bien el uno para el otro. Son una misma alma en diferentes cuerpos ". dijo la flor

Me conmovió tanto escuchar todo eso, que comencé a llorar y mis lágrimas encendidas mojaron aquella flor. ¡Entonces sucedió algo extraordinario! ¡La flor incolora comenzó a brillar con un hermoso e intenso color amarillo! la flor también lloró y me explicó esto:

¿Sabes lo que pasó? Empezaste a visitarme, te interesaste por mí, compartimos nuestros pensamientos, compartiste conmigo mi existencia incolora y luego me entregaste tu corazón en forma de lágrimas brillantes... gracias por darle color a mi vida... ahora puedo decir sin duda que somos amigos...

Heyoka le explicó a Amaris con una voz muy suave:

"No podía hacer un sonido, estaba asombrada de lo grande que es el regalo de la amistad. Me di cuenta de algo, cuando tienes un amigo ya no estarás solo, tendrás esa alma para acompañarte por el resto de tu existencia"

Después de la historia de Heyoka, ambos se quedaron en silencio y por primera vez lloraron juntos y una luz brillante emanó del cuerpo de Amaris, ambos brillaban; una señal de que había sido transformado por la luz mágica de Heyoka. No había necesidad de palabras, se entendían y sabían que también eran amigos. Fue una muy buena sensación, a pesar de las lágrimas…

## CAPÍTULO XVI

### DIAMANTES DE LA NOCHE

*H*abían pasado algunos días y la relación entre Amaris y Heyoka era más fuerte. Amaris empezó a sentirse fortalecido y con muchas ganas de salir de ahí y empezar a construir de nuevo sus sueños, fueran los que fueran. Sintió una gran confianza porque Heyoka estaba a su lado.

En uno de esos días en que Heyoka seguía trabajando para llegar a Amaris, la noche los sorprendió exhaustos, por lo que decidieron tumbarse el suelo y mirar al cielo, cada uno en su lugar.

Entonces Heyoka comenzó a decirle a Amaris:

"¿Ves lo hermosas que son las estrellas? Oh, lo siento, olvidé que no puedes verlas, ¡lo siento!" Heyoka dijo muy avergonzada.

Amaris respondió: "Oh, no te preocupes, está bien. Puedo imaginarlas, pero me gustaría que me las describieras, ¿cómo ves las estrellas en el cielo?"

"¿Sabes cómo me parecen? Parecen diamantes. Cuando las mires atentamente verás que van a cambiar de color, brillan mucho, pero en cada chispa ¡mandan una luz que cambia de color! ¿Has visto un diamante antes? ¿Recuerdas que cuando expones el diamante a la luz, este descompone la luz en un rayo de diferentes colores? Pues lo mismo con las estrellas, son hermosas estrellas de diamante".

Cada estrella va mandando su color, parece una fiesta de arcoíris, parece que están bailando o cantando. Los imagino muy felices, enviando sus rayos de luz a todos los planetas del universo.

Amaris pudo imaginarse lo que Heyoka le estaba describiendo y respondió:

"Estrellas de diamante", me gustan aún más porque me las describiste" Sé que algún día podré admirarlas contigo. reiremos y cantaremos y bailaremos con ellas... y durmieron uno al lado del otro en sus lugares soñando con las estrellas-diamante del cielo...

# CAPÍTULO XVII

## DÍA DE LA LIBERACIÓN

Amaris despertó con una extraña sensación de que algo importante sucedería, por lo que decidió ordenar su lugar y estar listo para la llegada de Heyoka. Pero Heyoka no se encontraba. Estaba preocupado, intrigado por saber dónde podría estar esa pequeña hada. Mientras tanto, Heyoka no estaba allí. Como últimamente estaba tan débil, decidió volar hacia el sol y ver si el sol podía darle algo de fuerza y energía. Había avanzado tanto que sintió que necesitaba sólo un poco más de esfuerzo para llegar a Amaris.

Amaris pasó todo el día preparando su casa. ¡Estaba de muy buen humor! Estaba cantando, bailando y hablando con todos a su alrededor.

"No te olvidaré", le decía a cada animal que encontraba; de alguna manera, intuía que el día de su liberación estaba cerca, por lo que estaba haciendo planes imaginarios de las cosas que le gustaría hacer cuando estuviera fuera de ese bosque.

"Volveré a mi ciudad natal", pensó. "Le mostraré a Heyoka todo lo que me hizo feliz una vez, ella y yo comenzaremos a construir nuevos sueños y estoy seguro de que todo estará bien de ahora en adelante".

Ese era el espíritu de Amaris. Hora tras hora el día se acercaba a su fin. Decidió que, pase lo que pase, no cambiaría su actitud positiva. Todavía no sabía dónde estaba Heyoka, pero decidió no preocuparse en absoluto. Una vez que el día se convirtió en noche, estaba sentado afuera escuchando los grillos distantes, cuando comenzó a escuchar algunos ruidos provenientes del bosque, giró la cabeza y preguntó: "¿Eres tú, Heyoka?" Pero nadie contesto.

Amaris decidió hacer una pequeña fogata ya que la noche estaba fría. Cuando estaba haciendo la fogata escuchó el movimiento de las ramas cerca de él. De repente, un sudor frío recorrió su espalda, "¡Oh, no!" pensó, "¿Por qué será que este día de todos los días es cuando el tigre ha decidido venir?" Luego comenzó a hablar en voz baja diciendo: "Oye tigre vete, estoy de muy buen humor hoy, no quiero pelear, solo regresa de donde viniste" pareció por un momento que el tigre recibió el mensaje ya que los sonidos cesaron. Después de un tiempo los sonidos comenzaron de nuevo, esta vez fue más claro. Amaris podía sentir el peligro, así que decidió correr a su casa y agarrar su espada, para estar preparado.

Se puso de pie junto a la hoguera, de alguna manera sintió que, si el tigre saltaba sobre él, podría terminar en la hoguera y hacerle algún daño, lo que podría darle alguna ventaja a Amaris para escapar o defenderse. Luego pensó: "Pero no puedo escapar si Heyoka no está aquí. Me defenderé y mataré a ese tigre de una vez por todas". La noche estaba en silencio, los grillos y otras criaturas permanecieron en silencio.

Amaris podía sentir y escuchar su respiración. Él estaba nervioso. ¡Este tigre nunca antes se había atrevido a estar tán cerca! Tal vez el tigre intuyó que la liberación de Amaris estaba cerca y decidió actuar y no dejarlo escapar de esa existencia, pero Amaris tenía una gran fuerza interna aunque sintiera miedo. Pensó en la estrategia para matar a este tigre para siempre.

Se sintió triste por el tigre por un breve momento y dijo: "Si tan solo hubiéramos tenido la oportunidad de conocernos, tal vez hubiéramos sido amigos". Luego agregó: "Pienso así solo porque tengo amor en mi corazón, el amor que me dio la pequeña hada, pero yo no era así antes. Esta vez seré valiente, y cuando vea a Heyoka, estará orgullosa de mi porque superé mis miedos".

Los ruidos se hicieron más abundantes a medida que Amaris se acercaba. Un sudor frío le corría por la cara y las manos, pero no retrocedió. "Tranquilo... tranquilo..." murmuró para sí mismo.

En un momento que fue menos de un milisegundo, pero al mismo tiempo duró una eternidad, Amaris sintió que el tigre saltaba hacia él en silencio, pero con un solo golpe de su espada, ¡lo golpeó!

Una luz brillante penetró en sus ojos. Antes, estaba cegado por la oscuridad, ahora estaba cegado por la luz...

# CAPÍTULO XVIII

## CONCLUSIÓN

Habían pasado varios años desde que Amaris dejó el bosque. Durante ese tiempo, finalmente recuperó su confianza y decidió vivir su vida al máximo. Regresó a su ciudad natal y sanó sus heridas emocionales e hizo todo lo que Heyoka le enseñó.

Construyó la casa de sus sueños rodeada de naturaleza, flores, árboles y colinas. Tenía amigos con los que atesoraba momentos maravillosos, tenía una pareja con la que formó una familia, iba a la playa y visitaba el mar para aprender a montar sus olas. Estaba rodeado de amor y sabía dar amor a todos. Incluso extendió el amor a los necesitados.

Era feliz, aunque siempre tenía un pensamiento para su pequeña hada. Inmediatamente después del incidente en el bosque antes de su liberación, se sintió culpable por lo que hizo sin darse cuenta. Heyoka utilizando las chispas que le quedaban después del golpe, le dio todo a Amaris. Nunca olvidará lo que Heyoka le dijo en ese momento. Llevará esas palabras en su corazón por el resto de su vida…

Unos segundos después de que Heyoka expirara, ella le dijo:

"Está bien muchacho, no tengo ira hacia ti. Mi misión era entregarte mi luz, así que aquí está. Úsala para liberarte de este denso bosque. Vive una vida plena y feliz" En el momento en que los rayos de luz salieron del pequeño cuerpo de Heyoka y rodearon al chico, ella le pronuncio estas palabras:

"AMOR NO PERDET EAM IN"

Lo que significaba: "*El amor nunca perderá su camino a casa*"

En ese momento Amaris recuperó la vista y por un breve instante pudo ver a su pequeña hada que desaparecía junto a las chispas que el recibía en su cuerpo. Al mismo tiempo apareció en su corazón un símbolo, que era el símbolo del amor...

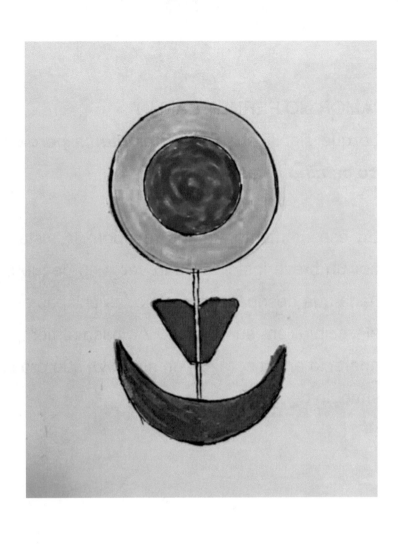

En el hermoso castillo de ensueño que construyó para su familia y amigos, cada noche cantaba la canción que escuchó la primera vez que conoció a Heyoka en el bosque. Era una oda a su amada amiga, esa que lo dio todo y ahora vivirá por siempre en su corazón.

### Milagro de luz

*Estaba buscando la noche*
*esperando mi estrella fugaz*
*pero no la encontré en el cielo*
*sino jugando a mi lado,*

*Ella bailaba frente a mí*
*sin parar,*
*Era como si me hablara de sus deseos*
*a través de su baile,*

*Yo buscaba la noche,*
*arrastrando mi alma cansada,*

*buscando una respuesta*

*que pudiera acabar con mi sufrimiento,*

*entonces apareció mi hada*

*y con ella su luz brillante,*

*Estuvimos juntos por un tiempo,*

*y su magia alivio mi dolor,*

*su brillo ilumina mi oscuridad,*

*infundiendo coraje para mi viaje,*

*Estaba buscando la noche*

*esperando mi estrella fugaz*

*pero no la encontré en el cielo*

*sino jugando a mi lado.*

## EPÍLOGO

**P**uedes pensar, querido lector, que esta es una historia trágica, pero no lo es. El amor es la única onda vibratoria que una vez creada nunca será destruida, solo se transforma y vive para la eternidad.

El mundo se sustenta en este amor que represente en esta pequeña hada llamada Heyoka. Heyoka, por cierto, es un nombre de un Shamán de la tribu Sioux en los EE. UU. cuyo trabajo es curar a la gente física y espiritualmente. Es un payaso cósmico. Para mí usar este nombre fue mi homenaje a aquellos pueblos antiguos que tenían la difícil tarea de curar las almas humanas.

También quería explicar las lecciones difíciles de la vida de una manera simple, de una manera que todos pudieran entender y relacionarse. ¿Quién no se relaciona con una madre que lucha, el comienzo de una hermosa amistad o las luchas de alguien que fue herido en su infancia? Pero el amor puede curarlo todo, solo necesitamos entender esta poderosa herramienta que está al alcance de todos.

Confieso que, hasta yo, la autora, lloré cuando Amaris no reconoció a Heyoka y la golpeó mortalmente con su espada, pero el amor de Heyoka se transformó y vivió para siempre en el corazón de Amaris.

Mi invitación para todos ustedes es que se inspiren en las aventuras y la misión de Heyoka y sean un motor de cambio en su entorno. Ama, ama profundamente no solo con tus sentidos sino con tu voluntad... a veces este amor requerirá un sacrificio de nuestra parte y estará bien, porque:

*"**El amor nunca perderá su camino a casa**"*

## *NOTA DEL AUTOR*

*Hola,* Soy Laura, encantada de conocerte. Este es mi primer libro, espero que te guste. En mi vida, he escrito muchas otras cosas, como artículos científicos (artículos médicos, genéticos, neurocientíficos), y también he escrito artículos bioéticos (artículos filosóficos, antropológicos o espirituales). He aprendido muchos temas en mi vida y siempre quise escribir libros inspiradores y cuentos de hadas. Me encanta aprender muchas cosas, pero siempre orientada a vivir una mejor vida y ser mejor persona.

¡Este año 2022 sentí que era el momento de hacerlo! Espero que toleren mis pasos de principiante en este viaje literario. También espero que podamos ser amigos y crecer juntos a través de mis historias. Me encantaría escuchar tus pensamientos sobre ellas. Espero que tengas maravillosos días por delante y te agradezco de antemano que me leas.

Con amor: Laura Nino

## Contactos del autor

**Correo electrónico:**lnino91@hotmail.com

**Correo postal:** Apartado postal (PoBox) 4600 SW 34th St. #141145,

Gainesville, Florida 32614

# PREGUNTAS PARA MEDITAR EN CADA CAPITULO

1) ¿Qué te llamó la atención de este capítulo?

2) ¿Cuál crees que es la lección de este capítulo?

3) Según tu experiencia, ¿piensas en alguna otra lección que puedas extraer de esta situación?

4) Si lees la historia en tu salón de clases, ¿puedes compartir con tus compañeros una experiencia similar?

5) ¿Piensas en un final alternativo para la historia de Heyoka?
(si lo haces y quieres compartirlo conmigo eres bienvenido a escribirme).

6) ¿Tienes una pregunta de "Lección de vida" que te gustaría hacerme?

7) **Trivia:** ¿Alguien puede descifrar el símbolo que se imprimió en el corazón de Amaris?

Made in the USA
Columbia, SC
13 November 2023

25650502R00067